Einsichten einer Taube

Überlegungen von

Karl-Heinz Haselmeyer

Tauben können meinen
Glauben

an Frieden nicht rauben,

sie werden ihn entstauben.

Das Flachdach unserer Garage grenzt an das Küchenfenster. Bei starken Regen füllt sich das Dach, denn es ist von einer 10 cm hohen Begrenzung umgeben. Der Ablauf ist recht klein, und wenn Blätter angeschwemmt werden, braucht das Regenwasser mehr als einen Tag, um abzulaufen. Dann wird das Dach zu einer Taubenbadewanne. Es ist ein Vergnügen den Tieren zuzusehen. Sie plantschen und plustern sich auf, sie stecken das Köpfchen ins Wasser, flattern mit den Flügeln und schütteln sich so sehr, dass das Wasser in einem Schauer von Tröpfchen hoch aufsteigt. Oft sind sechs Tauben gleichzeitig in der Badewanne. Den heimlichen Zuschauer bemerken sie nicht.

Das große Fenster meines Arbeitszimmers ist ebenerdig und grenzt an unseren Garten. Wenn ich am PC sitze und schreibe, kann ich von Zeit zu Zeit aus dem großen Fenster in die Natur schauen. Es ist Frühling geworden, schon sind viele Blumen aufgeblüht und es gibt frisches Grün. Wenn ich morgens ich das Fenster zum Lüften öffne, schallt mir Vogelgezwitscher entgegen. Ich atme tief durch und suche, ob ich neue Blüten entdecken kann.

Gestern setzte sich eine Taube vor das Fenster und schaute interessiert in den Raum. Sie bemerkte mich, sah mich aber ruhig an. Wir hatten eine Weile Blickkontakt. Die Augen der Taube irrten zwar öfter ab, kehrten aber immer wieder zu mir zurück. Wir müssen uns wohl einige Minuten gemustert haben. Mir kam die Assoziation mit einer weißen Friedenstaube, obwohl es nur eine Ringeltube war. Mit dieser Vorstellung dachte ich an den Wandel meiner Einstellung zur Gewalt, die sich mit den Jahren vollzogen hat. Ich war in jungen Jahren ein eifriger Pazifist. Die Lehren des Mahatma Gandhi hatten einen tiefen Eindruck hinterlassen. Sie kamen meiner inneren Einstellung entgegen. Schon als Kind mochte ich niemanden zwingen, noch mochte ich es Zwang ausgesetzt zu sein. Ich war ein sehr folgsames und einsichtiges Kind und daher auch kaum mit Zwängen konfrontiert. Meine Ablehnung jeder Gewalt trat mit 4 oder 5 Jahren jäh zu Tage. Da meine Mutter dienstverpflichtet wurde, sollte ich in einen Kindergarten gehen. Ich ging einen Tag dorthin. Wir mussten in Reihen marschieren, still auf kleinen Stühlen sitzen und sogar stramm stehen, wenn wir mit der Kindergärtnerin sprachen. Das gefiel mir nicht und ich wurde bockig und weigerte mich mitzumachen. Zur Strafe musste ich dann in der Ecke stehen. Als meine Mutter mich abends abholte, sagte ich: „Da gehe ich nicht wieder hin." Und dabei blieb es, der sonst so folgsame Junge war am nächsten Tage nicht dazu zu bewegen in den Kindergarten zu gehen. Gebrüll und Abwehr, meine Mutter wusste keinen anderen Ausweg, als mich bei meiner von mir sehr geliebten Oma zu lassen und dabei blieb es, bis ich in die Schule kam. Für die Einschulung hatte meine Mutter Befürchtungen, dass ich mich wieder weigern könnte, aber nichts dergleichen geschah. Ich brannte darauf etwas zu lernen. Meine Oma hatte gute Vorarbeit geleistet, indem sie mich ernst nahm und mit mir über viele ernsthafte Themen redete und mich damit auf die Schule neugierig gemacht hatte. Ich war ungeduldig, lesen und schreiben zu lernen, ich wollte selbst lesen, ohne auf jemanden angewiesen zu sein. Nur das abendliche Vorlesen meiner Mutter am Bett vor dem Einschlafen habe ich noch viele Jahre genossen.

Konflikte mit anderen Schülern habe ich kaum gehabt, ich wich Auseinandersetzungen aus, dafür gab ich bei freundlichen Rangeleien in den Schulpausen mit meiner Kraft sehr an. Einmal geriet ich in eine Situation, in der ich nicht ausweichen konnte. Mit einem der Knaben wetteiferte ich, wer der bessere Schüler sei, und erregte seine Feindschaft. Auf dem Heimweg lauerte er mir mit zwei anderen Schülern auf. Sie hatten meinen Fluchtweg abgeschnitten und begannen auf mich einzuprügeln. Ich wehrte mich nicht und war nur darauf bedacht mein Gesicht zu schützen. Da erhielt ich einen Tritt zwischen die Beine, und als der Schmerz etwas nachließ, bekam ich einen Wutanfall und schlug wie ein Wilder auf die Drei ein. Sie ließen von mir ab und zogen sich zurück. Am nächsten Tag schenkte mir mein Rivale einen Bleistift mit Radiergummi und meinte, er hätte das am Tag zuvor nicht böse gemeint. Wir wurden dann die besten Freunde und ich galt bei meinen Mitschülern als Raufbold, obwohl ich später nie in einen Raufhandel geriet.

Da haben mich meine Gedanken weit von der Taube fortgeführt. Sie muss sehr lange am Fenster gesessen haben, denn plötzlich ohne sichtbaren Grund schlug meine Stimmung um. Die Erinnerungen wurden von schwarzen Gedanken verdrängt. Die Illusion einer friedlichen weißen

Friedenstaube wurde ins Gegenteil gekehrt. Nach einiger Zeit fand ich ihren Blick fordernd und abgründig. Es lag natürlich nicht an den Augen der Taube, es war meine Stimmung, die sich geändert hatte. Es kann so etwas wie ein schlechtes menschliches Gewissen gewesen sein, denn ich dachte plötzlich an das Weltgeschehen, an das ich am liebsten nicht erinnert werden wollte. Die Taube erinnerte mich jetzt an Taten meiner Mitmenschen. In ihren Knopfaugen sah ich nun Zerstörung, Krieg, Mord und Gewalt.

Ich war aufgewachsen im Glauben, dass wir die nicht

fassbare Barbarei als Schuld der Väter weit hinter uns gelassen hatten. Der Glaube, die Unmenschlichkeit der Naziherrschaft sollte als stete Mahnung etwas zu Vergleichendes verhindern können, war weit verbreitet. Es gab zwar die Ost-Westspannungen, es gab sogar die Bedrohung durch Atombomben, aber gleichzeitig auch die Hoffnung, dass sich die Menschheit weiter entwickelt hätte und Verbrechen, wie sie in der Vergangenheit geschehen waren, verhindert werden könnten. Viele Jugendliche meiner Bekanntschaft waren radikal pazifistisch, sie sagten:

Nie wieder Krieg, Frieden schaffen ohne Waffen und Soldaten sind Mörder. Unterdessen war das Verteidigungsbündnis, die NATO, entstanden und gleichzeitigt wurde abgerüstet. An einen Krieg in dem Europa, das sich zusammengeschlossen hatte, glaubte niemand. Zu der Zeit wäre ich noch dafür gewesen, sämtliche Waffen abzuschaffen. Ich demonstrierte mit vielen anderen gegen den Nachrüstungsbeschluss und musste nach Jahren zugeben, dass ich damals Unrecht gehabt hatte und diese Politik entgegen meiner damaligen

Überzeugung zu dem Verfall der UDSSR geführt hatte. Nach der deutschen Wiedervereinigung keimte die Hoffnung auf, dass man mit den Ländern der zerfallenen UDSSR, besonders mit Russland ein friedliches Zusammenleben erreichen könnte. Putin, der neue Machthaber im Kreml, hielt sogar in Deutsch eine Rede im Bundestag und erntete stehenden Beifall. Über Aggressionen Russlands gegenüber Ländern, die aus der UDSSR ausgetreten waren, sah man hinweg, die Geschäftsverbindungen zum russischen Reich waren zu erfolgsversprechend.

Der Überfall auf die Ukraine durch Russland lehrte mich die Geschehnisse in der Naziherrschaft besser zu verstehen. Es ist beängstigend, wie eine kleine Clique von nationalistischen Faschisten ein ganzes Volk manipulieren und durch Angst einschüchtern kann. Die Russen, die einen entsetzlichen Krieg im eigenen Lande erleben mussten, schweigen nun, wenn ein Nachbarland, zu dem viele nachbarliche Verbindungen bestehen, in Trümmer gelegt wird und die Nachbarn mit dem Tod bedroht werden. In dem Deutschland meiner Kindheit ist es wohl ähnlich gewesen. Gegen 20% der Bevölkerung lässt sich ideologisch verführen, ein kleiner Teil ist Nutznießer und ein großer Teil macht aus Angst und Feigheit mit. Der Anteil der Bevölkerung, der sich dem Unrecht entgegenstemmt, wird eliminiert. So ist es auch im heutigen Russland, viele exponierte Widerständler wurden ermordet und die Straflager sind voller Menschen, deren Verbrechen ein falsches Wort war. Viele Russen, Kriegsdienstverweigerer, Intellektuelle und Künstler sind ins Ausland geflohen.

In einer solchen Zeit nimmt schnell eine kaum vorstellbare Brutalität überhand. Auch in der überfallenden Ukraine zeigte sich, dass Morde an Zivilpersonen und Vergewaltigung der Frauen stets Teil der Kriegsführung sind. Wie kann man da unparteiisch zusehen, wenn dem Überfallenen nur die Alternative, versklavt oder vernichtet zu werden, offenbleibt? Meine Einstellung zu Waffen hat sich dadurch sehr geändert. Ich möchte, dass den Opfern des gegen das Völkerrecht überfallenen Landes alles Mögliche geliefert wird, um sich zu verteidigen. Ich weiß sehr gut, dass diese Waffen junge Menschen töten, meist wohl Menschen, die gezwungen werden diesen schmutzigen Krieg zu führen, den man in ihrem Heimatland nicht einmal einen Krieg nennen darf. Dort ist es nach russischer Lesart nur eine technische Spezialoperation, die notwendig ist, weil die Ukrainer nicht in der russischen Diktatur leben wollen, weil dort Nazis herrschen und die Ukrainer befreit werden müssten. Im Kreml träumt ein Despot mit seinen Anhängern von der Neuerrichtung der UDSSR, sie versklaven ihr eigenes Volk und versuchen alle verlorenen Gebiete der ehemaligen UDSSR zurückzuerobern. Offensichtlich sind ihnen das Land und das Leben ihrer

Soldaten egal. Die Selbstbestimmung, Freiheit und Menschenwürde sind für sie westliche Dekadenz.

Ich kann das alles mit dem Verstand erklären, verstehen, richtig begreifen kann ich das nicht. Der Hass, der immer wieder aufflackert, ist mir völlig unbegreiflich. Unbegreiflich sind mir auch die Nationalisten in Europa, die nur den Vorteil ihrer eigenen Gruppe kennen und sich mit Hass abgrenzen. Sie, die sich so gern mit Gewalt behaupten, sind nun dagegen, den überfallenen Ukrainern Waffen zu liefern, angeblich damit wir nicht Partei in der Auseinandersetzung werden.

Ich habe gelernt, der Gewalt darf man sich nicht beugen, man muss sie bekämpfen, und wenn es nicht anders geht, auch mit Gewalt. Wenn wir es nicht verhindern, dass Menschen Opfer der Gewalt werden, dann werden wir später wohl selbst Opfer der Gewalt werden. Dieses Russland, das ukrainische Städte in Schutt und Asche verwandelt, können wir nur mit Grausen zur Kenntnis nehmen und darauf hoffen, dass es der ukrainischen Armee mit unserer Hilfe gelingt, die Russen aus ihrem Lande zu vertreiben. Danach muss Europa militärisch so stark werden, dass es jeden

Aggressor abschreckt. Besiegen kann man Russland nicht, diese Atommacht hat ein Vernichtungspotential, um die ganze Welt mehrfach zu zerstören, und bei einer drohenden Niederlage sind die Machthaber skrupellos genug, um auch Atomwaffen einzusetzen.

Die Taube ist schon längst weggeflogen, ich sitze mit meinen schwarzen Gedanken vor dem Fenster, bis es dämmert.

Als ich am nächsten Morgen aus dem Haus trete, um zu meinem Atelier zu gehen, scheuche ich vor dem Gartentor zwei Tauben auf und ich erinnere mich sogleich an den gestrigen Nachmittag sowie die Gedanken, die die Taube an meinem Fenster ausgelöst hat. Auf meinem weiteren Weg sehe ich noch mehrere Tauben. Ich habe wohl sonst nicht auf diese Vögel geachtet, denn am alten Rathaus, an dem ich vorbeikomme, sind wohl immer welche zu finden. Im Atelier versuche ich aus dem Gedächtnis die Friedenstaube von Picasso nachzuzeichnen, was mir misslingt. Tagelang lässt mich die Frage nicht los, stehe ich noch zu diesem Friedenssymbol, kann ich mich noch zu den Tauben zählen, wenn ich nun Waffenhilfe für die überfallene Ukraine und eine bessere Ausrüstung unseres Verteidigungsheeres befürworte.

Ich vermisse die Tauben am Haus, ein Trupp Elstern hat die Tauben vertrieben. Es ist eine freche Bande, die auch vor Mord nicht zurückschreckt. Ich war Zeuge, als sie eine Amsel tötete.

Ein anderer Konflikt, der in letzter Zeit ausbrach, hat mich noch weiter verunsichert und starke Zweifel geweckt, ob ich mich noch zu der gewaltlosen Fraktion der Tauben zählen darf.

Die deutsche Geschichte, macht es in diesem Geschehen

noch schwerer, sich unparteiisch ein eigenes Urteil zu bilden, umso mehr, da die jüngsten Ereignisse im Zusammenhang mit der Vergangenheit gesehen werden können.

Am 7. Oktober, dem Feiertag Jom Kippur, durchbrach die Terrororganisation Hamas die Grenzbefestigungen des Gaza-Streifens und richtete in Israel ein schreckliches Blutbad an. Zivilisten wurden brutal misshandelt und gemordet. Frauen wurden vergewaltigt und verstümmelt und selbst vor Kleinkindern machte man nicht halt. Auf einer Tanzveranstaltung wurde Jagd auf die Feiernden gemacht und sie wurden getötet oder als Geiseln mit brutaler Gewalt entführt. An diesem einen Tag wurden über tausenddreihundert Israeli ermordet und mehr als 240 Geiseln in den Gazastreifen verschleppt. Ganz Israel wurde mit Raketen aus dem Gazastreifen beschossen.

So schrecklich dieser Überfall auch war, wurden doch diese Untaten von Palästinensern und von Bürgern befreundeter Staaten, die in Verbindung mit dem Iran stehen, als Heldentaten gefeiert.

Israel traf dieser Überfall in einer Zeit, zu der durch das Vorhaben der konservativen

Regierung, das oberste Gericht zu entmachten, große Protestaktionen das Land erschütterten. Die Demonstranten sahen die Demokratie in Gefahr und sogar Reservisten kündigten ihre Gefolgschaft auf.

Nun verkündete die Regierung, sie werde die Hamas vernichten, und begann vermutete Stellungen im Gazastreifen zu bombardieren. Ein Gegenschlag barg große Schwierigkeiten, die Terroristen hatten sich mit den Geiseln in die weit verzweigten Tunnelsysteme tief unter der Erde zurückgezogen und ihre Stellungen waren unter öffentlichen Gebäuden wie

Schulen, Krankenhäusern und Moscheen eingerichtet. Die nun ausgeführten Luftschläge trafen besonders die Zivilbevölkerung hart. Nach einiger Zeit rückte die israelische Armee in den Gazastreifen ein, Gaza-Stadt wurde teilweise zerstört und eingenommen. Die Bevölkerung wurde aufgefordert in den Süden zu fliehen. Das Elend unter der Bevölkerung nahm mit fortschreitenden Kämpfen immer mehr zu, es gab keine ausreichende Versorgung, weder mit Nahrung noch durch Unterkünfte noch durch ärztliche Verpflegung. Die Kämpfe weiteten sich auch auf die anderen Städte im Gazastreifen aus und die Zahl der Todesopfer unter der Zivilbevölkerung wuchs gewaltig an. Durch das Leid der Bevölkerung wurden international Feuerpausen gefordert. Ein Krieg in einem so dicht besiedelten Gebiet konnte nicht ohne größere Opfer in der Zivilgesellschaft geführt werden und die Terroristen, deren Ziel nach wie vor war, Israel zu vernichten, saßen mit den Geiseln in gut ausgebauten Stellungen im Untergrund.

Die Stimmung, nicht nur in den arabischen Ländern, drehte sich gegen die Kriegsführung der israelischen Armee. Auf

Demonstrationen wurden antisemitische Parolen laut, Hass richtete sich pauschal auf Juden. Nun ist nicht jeder israelische Staatsbürger ein Jude und es waren keine Juden, die diese Auseinandersetzung begonnen hatten. Juden zu vernichten war das Ziel der palästinensischen Terrororganisation, und Israel war gezwungen sich zu verteidigen.

Ich habe mit dem Begriff „Jude" Schwierigkeiten. Für die Nazis war es ein Rassebegriff, ein bösartiger Unsinn. In den heiligen Schriften ist es die Bezeichnung für ein Volk, eine Bezeichnung, die in heutiger Zeit auch schwer zu definieren ist. Sicher hat jemand, der von jüdischen Familien abstammt, eine lange, schwere gemeinsame Geschichte. Hat er die jüdische Religion, ist es für mich einfach, er ist Jude, es ist seine Privatsache, nicht anders, als ein Mitglied einer christlichen Kirche ein Christ ist. Hat er aber eine Staatsbürgerschaft, wie zum Beispiel die deutsche und er ist nicht religiös, ist er für mich ein normaler Staatsbürger, in diesem Fall ein Deutscher.

Es gibt keine biologischen Unterschiede zwischen einem Nachkommen jüdischer Eltern und mir. Gebräuche, Überzeugungen und Erinnerungen sind reine

Privatsache. Er bedarf keines besonderen Schutzes, seine Menschenwürde ist unantastbar wie die meine, und wird dieser Grundsatz überschritten, soll denjenigen, der sich darüber hinwegsetzt, die Schwere des Gesetzes treffen. Personen jüdischen Glaubens, die jüdische Traditionen leben, mit oder ohne Staatsbürgerschaft, und wo immer sie leben, bezeichne ich als Juden und sie genießen dieselben Menschenrechte wie jeder Gläubige einer anderen Religion.

Hass bekommt aus der Gruppenbildung seine Nahrung, deshalb finde ich den Begriff „Antisemitismus" eine zwiespältige Bezeichnung. Ich bezeichne es als Menschenhass und Rassismus, unabhängig davon, ob es einen Juden, einen Araber oder einen Afrikaner trifft. Ich hoffe, dass ich niemanden, der sich als Jude definiert und dadurch mit Vorurteilen und Hass konfrontiert wird, damit zu nahe trete.

Es ist jedem selbst überlassen, zu welcher Religion, kulturellen oder sozialen Gruppe er sich zugehörig fühlt, das ändert nichts an seiner persönlichen Integrität.

Damit komme ich wieder zu der scheinbar ausweglosen Situation in Palästina. Israel hat das Recht auf seinen eigenen Staat, wurde gleich zu Beginn der Staatenbildung angegriffen und musste sich verteidigen. Für einen Palästinenser, der aus seinem Land vertrieben und lebenslang in einem Lager leben muss, oder für einen, der im Westjordanland eingegrenzt und unter fremder Kontrolle zusehen muss, wie sein Land besiedelt wird und seine Rechte immer mehr eingeschränkt werden, ist es sicher nicht leicht, friedlich gestimmt gegen Israel zu sein. Viele Israelis sehen diesen Konflikt und sind bereit Lösungen für ein Zusammenleben zu finden. Dem stehen aber starke

Vorbehalte orthodoxer religiöser Glaubensrichtungen gegenüber.

Nun zurück zu der sich momentan abspielenden menschlichen Katastrophe.

Die Terroristen der Hamas, die sich die Vernichtung Israels zum Ziel gesetzt haben, zogen sich in den Schutz wehrloser Zivilisten zurück. Als Faustfand halten sie über 100 Geiseln in ihrer Gewalt. Sie sind in den Tunnelsystemen tief unter den Städten schwer zu erreichen. Die Kampfhandlungen treffen vorwiegend unschuldige Zivilisten, alte Menschen, Frauen und Kinder. Internationale Bemühungen, die aus den zerstörten Städten an die Küste Geflohenen zu versorgen, reichen bei weitem nicht aus. In den provisorischen dichtgedrängten Lagern herrschen Hunger, Krankheit und auch Anarchie. Die international geforderten Kampfpausen gefährden die Sicherheit Israels und würden eine Erstarkung der Hamas zur Folge haben. Die Hamas wird ihr Ziel, Israel zu zerstören, nicht aufgeben, das Leid der Bevölkerung wird sie nicht davon abbringen und Israel bleibt nur der Weg der Gewalt, es muss die Hamas so weit zerschlagen, dass sie Israel nicht mehr angreifen kann.

In den öffentlichen Nachrichten nehmen die Auswirkungen der israelischen Kampfhandlungen, die schreckliches Leid hervorbringen, einen großen Platz ein. Selbst in den USA scheint die öffentliche Meinung zuungunsten von Israel zu kippen. Eine bekannte amerikanische Philosophin bezeichnete das Gemetzel der Hamas an wehrlosen Zivilisten, vom Baby bis zu alten Leuten, als bewaffneten Widerstand. Das zeigt, wie schnell Parteilichkeit das Gefühl für Gewalt abstumpfen kann. Bewaffneter Widerstand kann sich nur gegen eine bewaffnete Gewalt richten. Es gibt nichts, was geplanten Mord relativieren kann. Die militärischen israelischen Verteidigungsmaßnahmen sind in der misslichen Lage, dass die Hamas ihre eigenen Landsleute als Schutzschirm missbraucht. Die Hamas wusste genau, dass die israelischen Gegenmaßnahmen großes Leid über die Bevölkerung bringen würden, sie haben das auch einkalkuliert und Reaktionen im Ausland in ihre Pläne mit einbezogen.

Das unermessliche Leid der Bevölkerung des Gazastreifens soll damit nicht relativiert und herabgesetzt werden. Es entsteht durch die israelische

Armee, doch das ist nicht das Ziel der militärischen Gewalt.

Das Vorgehen des israelischen Staates im Westjordanland kann ich nicht beschönigen, es ist Gewalt, die wohl auf lange Sicht auf Israel zurückfallen wird.

Die Lösung des Palästinakonfliktes wäre so einfach, eine Durchführung aber gleichzeitig vollkommen unrealistisch. Ideal wäre die Gründung einer palästinischen Republik mit gleichem Bürgerrecht für alle Einwohner, Juden, Moslime, Christen und was auch immer, mit einer freien demokratischen Regierung. Es scheint aber, lieber schlägt man sich tot, als friedlich zusammenzuleben. Das gilt für beide Seiten. Doch es sind nur Minderheiten, die sich einer friedvollen Gewaltlosigkeit entgegenstellen, aber es sind leider sehr einflussreiche.

Ich weiß, als Unbeteiligter fällt es leicht zu beurteilen, ich bin auch nicht so vermessen das Gesagte als Ratschläge verstanden zu wissen, es sind nur Empfindungen einer ratlosen (fast) Taube. Gewalt verunsichert und reibt sich an nebulösen Idealvorstellungen.

Oft sind es schon Kleinigkeiten. Junge Menschen mit Springerstiefeln und

Nazisymbolen machen mich so ratlos bis hin zu einer Schwelle zwischen Angst und Aggression. Selbst der kleine kaum auffällige Anteil von Nationalismus im bürgerlichem Lager lässt Befürchtungen in mir hochsteigen. Hoffnungen auf ein wirklich vereinigtes Europa, das den Keim zu einer Weltfriedensordnung sein könnte, sind schon längst zerstoben, es waren idealistische Jugendträume, ohne die Natur der Menschen einzubeziehen. Der Menschen? Da bin ich auch eingeschlossen. Was habe ich zu einem Verschwinden der Gewalt beigetragen? Ich habe mich, so weit wie möglich, von ihr fern gehalten und habe philosophiert und zugesehen. Ich bin kein Tatmensch. Umso mehr ist es seltsam, dass es mich gedrängt hat über Gewalt zu schreiben, da ich ihr weder unverhältnismäßig ausgesetzt war noch sie als Phänomen je richtig begriffen habe. Es ist wohl so, dass ich hoffe, durch das Schreiben einem Verständnis etwas näherzukommen.

In weit zurückliegenden Epochen scheint man Gewaltanwendung viel weniger kritisch wahrgenommen zu haben. In der Kindererziehung waren körperliche Züchtigungen an der

Tagesordnung und die Kinder wurden einem sehr strengen Reglement unterzogen. Auf dem Lande und später zu Beginn der Industrialisierung war in ärmeren Familien Kinderarbeit an der Tagesordnung. Kinder wurden als rechtlos betrachtet. Das nächste Glied in der familiären Gewalt waren die Frauen. Sie schuldeten den Männern Gehorsam, waren abhängig und in ihren Rechten eingeschränkt. Noch in meiner Jugendzeit musste der Mann seiner Frau erlauben außer Haus zu arbeiten und das Wahlrecht wurde erst vor gut 200 Jahren von den Frauen erstritten.

In heutiger Zeit sind die Frauen zwar rechtlich gleichgestellt, aber zu einer gleichberechtigten Partnerschaft ist es wohl noch ein weiter Weg. Im vergangenem Jahr wurden 2500 Fälle häuslicher Gewalt gemeldet und die Dunkelziffer ist deutlich höher. Jedes Jahr werden in Deutschland mehr als 100 Frauen von ihrem Partner oder Expartner ermordet. Diese Zahlen besagen nicht, dass nicht auch Männer oft der Gewalt ausgeliefert sind, aber das Verhältnis der Fallzahlen ist überwiegend zu Lasten der Frauen und Kinder verschoben.

Oft ist die Gewalt verschleiert und trifft nicht offen zu Tage. In der Kindererziehung bereitet Gewaltfreiheit häufig Probleme, denn gleichzeitig brauchen Kinder feste Grenzen, im sozialen Miteinander, in der Moral und Rücksichtnahme, und sie müssen erlernen, welche Konsequenzen die Überschreitung dieser Grenzen hat. Um gewaltfrei aufzuwachsen, müssen sie sich aneignen keine Gewalt auszuüben. Damit sind häufig die Kinder und erst recht die Elternteile etwas überfordert.

Bei zwischenmenschlichen Beziehungstaten richtet sich die Gewalt oft gegen die gesamte Familie. Sie tritt in extremen Fällen als Terror auf, bis hin zum erweiterten Suizid.

Auch Suizide haben eine Gewaltkomponente. Es ist schon vorgekommen, dass viele Unschuldige mit in den Tod gerissen wurden wie bei dem Flugzeugkapitän, der eine vollbesetzte Passagiermaschine mit Absicht gegen einen Berg prallen ließ.

Das Gewaltpotential scheint in Sondersituationen unerschöpflich zu sein.

Im Zusammenhang mit der offensichtlichen physischen Gewalt will ich die weniger sichtbare geistige Gewalt nicht vergessen. Religionen benutzen die Angst vor dem Tode, um Gläubige an sich zu binden. Selbst Brauchtum zwingt Menschen in gemeinschaftlich anerkannte Verhaltensweisen. Eine zerstörerische geistige Gewalt ist die Gewalt gegen sich selbst. Wenn Menschen im Unreinen mit sich selbst sind und gegen sich Krieg führen, tritt das als psychisches Krankheitsbild zutage. Zwischen dieser geistigen Gewalt und der Gewalt, die sich nach außen richtet, vermute ich viele Übergänge und Verbindungen. Es könnte sogar sein, dass Gewalt immer einen inneren Ursprung hat, dafür habe ich aber keine

Belege. Dann wären als Konsequenz alle zwischenmenschliche Gewalt und die Kriege zwischen den Völkern ein Ausdruck psychischer Erkrankung, aber das ist sicher zu weit gedacht.

Gewalt ist auch hoch politisch. Im sozialem Verband hat die Gewalt viele Facetten, von unterschwellig bis zu offensichtlich, und nur in den wenigsten Ländern sichert ein rechtlicher Rahmen Eingriffe in die persönliche Freiheit. In den Demokratien ist das Gewaltmonopol des Staates eingebettet in gesetzliche Bestimmungen, die einer parlamentarischen Kontrolle unterliegen. In autoritären

Regierungen findet diese Kontrolle nicht statt. Das kann so weit gehen, dass ein Teil der Bevölkerung sich aus Angst wie Marionetten verhält und ein anderer Teil in Gefängnissen und Straflagern untergebracht ist. Die geheuchelte Liebe zum jeweiligen Machthaber kann wie in Nordkorea religiöse Züge annehmen. In Diktaturen wie in China, Russland oder auch Nordkorea gibt es auch Parlamente. Bei Filmaufnahmen aus diesen Volksversammlungen hat man den Eindruck eines großen Automaten. Es wird gemeinsam geklatscht, bei Abstimmungen erheben sich die Hände synchron, der

Gleichklang der Bewegungen scheint sorgsam einstudiert. Diese „Volksvertreter" eint die Angst, schon die kleinste Abweichung könnte vernichtend sein, meist auch für die Angehörigen eines in Ungnade gefallenen. Hohe Funktionäre und sogar Familienangehörige des Diktators müssen oft nicht nur aus ihren Funktionen, sondern auch aus dem Leben scheiden. Die Liste der politischen Morde ist in diesen Ländern lang.

Freiheitliche Demokratien sind nicht auf der Erfolgsspur. Schon gibt es global mehr Autokratien und in den noch bestehenden Demokratien ist der Anteil faschistischer

Ideologien angestiegen. Es ist zu befürchten, dass unter den Bedingungen der Umweltkriese der Anteil an Gewalt in den politischen Auseinandersetzungen zunehmen wird. Die Szenarien, die auftreten werden, wenn viele Menschen ihre Lebensgrundlagen verlieren und in weniger betroffene Gebiete flüchten müssen, sind kaum vorstellbar. Wir nähern uns einer Erdbevölkerung von 10 Milliarden und sind von einer Lösung der anstehenden Umweltprobleme sehr weit entfernt. Schon heute bezeichnen Menschen bei Befragungen die Immigration als größtes politisches

Problem, die Gefahren wie der Klimawandel, die viel greifbarer sind, werden in großen Teilen der Gesellschaft ausgeblendet. Der sogenannte Wohlstand, der den Egoismus genährt hat, ist den meisten Menschen wichtiger als die Solidarität mit den Opfern der selbstverschuldeten Umweltkatastrophen.

Wenn die Spezies Mensch scheitern sollte, scheitert sie an der Gewalt, die sie gegen sich selbst und gegen die Umwelt ausübt. Mir scheint, es gibt nur eine Chance der Menschheit eine Zukunft zu sichern. Es geht nur mit Empathie zum Leben, mit Solidarität untereinander und mit Solidarität gegenüber dem vielfältigen Leben auf der Erde. Je mehr sich die Menschheit isoliert und in der Technik das Heil sucht und ihre eigenen Produkte wie in einem Götzendienst verehrt, desto näher kommt sie an einen Punkt, wo die Erde für Menschen nicht mehr bewohnbar ist. Viele Tierarten werden ebenfalls aussterben, das war wohl auch der Grund dafür, dass die Taube mit ihrer Symbolkraft so viel in mir ausgelöst hat.

Von Pazifismus bis hin zur Umweltkatastrophe ist es sicher ein weiter Weg. Doch ist es nicht auch eine Art Krieg, den der Mensch gegen die

Natur führt? Auch in vergangener Zeit hat der Mensch der Natur Gewalt angetan, doch das hat sich erst in jüngster Zeit so sehr beschleunigt, dass die Konsequenzen kaum noch abzuschätzen sind.

Es scheint aber so, dass die Sorge um nachkommende Generationen nicht dazu führt, die notwendigen gesellschaftlichen Veränderungen vorzunehmen, und dass sich stattdessen Egoismen nach wie vor in mörderischen Kriegen entladen.

Ich habe so viel über das real existierende Elend dieser Welt gesprochen. Es wird Zeit, dass der Frieden zu Wort kommt, schließlich war der Anlass zu meinen Ausführungen eine vermeintliche Friedenstaube. Nur Friede ist nicht so einfach zu beschreiben, er hat kein klares Gesicht, er wird oft nur als Abwesenheit von Krieg und Gewalt beschrieben. Von Frieden kann man wohl nur träumen. Die wichtigste Aufgabe wäre, weltweit Frieden mit der Natur zu schließen. Ohne diesen Schritt wäre ein Überleben in Zukunft nicht möglich. Frieden in Europa, das wäre eine freie, demokratische Republik, ohne Nationalstaaten, natürlich mit der Ukraine und auch mit

Russland. Es gäbe regionale Verwaltungseinheiten unter dem Schirm eines gesamteuropäischen Parlaments. Doch wenn es um Träume geht, warum nicht gleich eine freie, demokratische parlamentarische Weltregierung mit autonomen Kulturregionen? Waffensysteme könnten gänzlich abgeschafft werden und die dadurch entstehenden freien Ressourcen auf das Wohl einer irdischen Gemeinschaft gelenkt werden.

Der Traum ist nicht gänzlich unreal, denn wenn es die beste Lösung für das irdische Leben wäre, könnten die sonst so hoch geschätzten menschlichen Fähigkeiten dazu in der Lage sein, die Verhältnisse auf dieser Erde in dem Sinne umzubauen, wenn - und das ist die einzige Realität in diesem Traum - nicht die destruktiven Kräfte so übermächtig stark wären. Auf Einsichten, dass Egoismen und Nationalismen die größten Feinde der Menschheit sind, kann ich nicht hoffen. Doch auch Wunder geschehen und selbst Unmögliches kann eintreten.

Dank sage ich der kleinen Taube, die meine scheinbare, menschliche Überlegenheit einer Bilanz unterzogen und mir Grund zur Scham gegeben hat.

<u>**Weitere Bücher von Karl-Heinz Haselmeyer**</u>

<u>**Elitefrauen**</u>

Der Roman befasst sich mit dem Phänomen der Zeit verpackt in eine spannende Geschichte. Ein Team von Astronautinnen bricht zu einer Reise ins Universum auf, bei der laut Plan erst die nächste Generation die Erde wieder erreichen kann. Unerklärliche Zeitphänomene ändern alle Reisepläne. Als das ursprüngliche Frauenteam, kaum gealtert, wieder zur Erde zurückkehrt, sind Jahrhunderte vergangen und die Menschheit befindet sich durch technische Verselbstständigung im Niedergang. Durch den Einsatz der Frauen können die Gefahren, die der Menschheit drohen, abgewendet werden. (Amazon Deutschland, 2017)

<u>**Das Fenster zur Evolution**</u>

Abenteuer in einer unberührten Natur. Nach einer Umweltkatastrophe existieren die Überlebenden in isolierten Städten und werden kybernetisch mental reguliert. Die Umwelt ist für Menschen tabu. Zur Vorbereitung einer Raumfahrt wird eine Versuchsperson ungeregelt in die Tabuzone gesandt, macht Erfahrungen mit der für ihn neuen Selbstständigkeit und erlebt die von Menschen verschonte Natur. Er muss sich mit wilden Tieren und den Naturgewalten auseinandersetzen und lernt andere Lebensformen sowie Affen kennen, dich sich unabhängig von den Menschen weiterentwickelt haben. (Amazon Deutschland, 2017)

Uropageschichten

Der Urgroßvater erzählt seinen Enkeln von seiner Kindheit und Jugend in der Kriegs- und Nachkriegszeit in Göttingen. Ein warmherziges Jugendbuch, das auch für Erwachsene interessant ist.(Amazon Deutschland, 2017)

Symbiose

In der Gesellschaft nimmt die Tendenz zur Selbstoptimierung zu. Was hat das für Auswirkungen auf die Persönlichkeit und die menschlichen Beziehungen, wenn ein Mensch durch die Symbiose mit technischen Objekten eine enorme Gedächtniskapazität und eine hervorragende Denkfähigkeit bekommt? In diesem Science Fiction setzt sich Karl-Heinz Haselmeyer kritisch mit den wachsenden Möglichkeiten der Medizin auseinander. (Amazon Deutschland, 2018)

Terroristen

Was wäre, wenn es einer Terrororganisation gelänge, die Herrschaft über den Erdball zu erringen? Könnte man dann dem Ideal der Gewaltlosigkeit treu bleiben oder wäre es nicht Pflicht, sich mit allen Mitteln zu wehren?

Ein junger Gotteskrieger bereist die Erde auf der Suche nach Naturschönheiten und kommt dabei mit den unterdrückten Menschen in Berührung. Er verliebt sich in eine Wildhüterin im Yellowstone Park. Als er erfährt, dass der Beherrscher der Erde eine vernichtende Eruption im Park auslösen und damit wohl alle Bewohner des gesamten Kontinents vernichten will, kämpft er gemeinsam mit den Bewohnern für ihre

Rettung auch um den Preis der eigenen Vernichtung.(Amazon Deutschland, 2018)

Der verbotene Planet

Expeditionen zu einem erdähnlichen Planeten scheiterten unter seltsamen Umständen und endeten in einer Katastrophe. Der Planet wurde unter Quarantäne gestellt und jegliche Landung verboten. Die Besatzung eines havarierten Raumschiffes muss auf diesem Planeten notlanden. Die Überlebenden werden von einem Raumkreuzer gerettet. Das Rettungsraumschiff gerät anschließend insbesondere durch eine mysteriöse Krankheit in Schwierigkeiten. Unter großen Verlusten kann das Geheimnis des verbotenen Planeten geklärt werden.(Amazon Deutschland, 2019)

Interaktiv

Ein Fachmann der „Künstlichen Intelligenz" schildert den Versuch, der Leistung des menschlichen Gehirns nahe zu kommen, und erzählt von den damit verbundenen Problemen. Im Zwiegespräch mit der geschaffenen Apparatur werden wissenschaftliche Themen aus der Teilchenphysik und der Kosmologie sowie zivilisatorische Entwicklungen angesprochen. In kurzer Zeit ist der Rechner seinen Schöpfern überlegen, kann von ihnen nicht mehr kontrolliert werden und geht eigene Wege, was seinen Betreuer in große Schwierigkeiten bringt. (Amazon Deutschland, 2019)

Eisige Höhen

Bei einer unheimlichen Begegnung wird ein normaler Bürger durch Drogen aus seinem einfachen Leben gerissen. Er wird ein gefühlloser Karrierist, dem ein schneller Aufstieg in der politischen Gesellschaft vorgezeichnet ist. Zu spät merkt er, dass er ein machtloses Werkzeug in den Händen einer Verschwörung ist. Vorsichtig versucht er sich daraus zu befreien. Als die Verschwörung aufgedeckt wird, gilt er zunächst als Hauptverdächtiger, wird aber teilweise rehabilitiert. Was bleibt, sind Scham und Sehnsucht nach seinem einfachen Leben.(Amazon Deutschland, 2020)

Homunkulus

Die alte Geschichte des synthetischen Menschen wird unter modernen Aspekten aufbereitet. Im Vordergrund stehen die Fragen: Was ist Leben und wie ist ein Bewusstsein mit der Erkenntnis und der Intelligenz verknüpft, aber auch, welchen Platz haben Gefühle in diesem Zusammenhang? Fragen, die sich bei weiterem Fortschritt der IT-Forschung wohl einmal stellen könnten. Das geschaffene technische Wesen ist nach kurzer Entwicklungszeit seinen Schöpfern intellektuell überlegen und entgegen allen Erwartungen entsteht eine wechselseitige enge gefühlsmäßige Bindung.(Amazon Deutschland, 2020)

Genderfrei

Nur wenige Menschen konnten einer irdischen Katastrophe entfliehen und leben in einer Höhle hundert Meter unter der Mondoberfläche. Sie suchen einen Neuanfang, ohne in die verhängnisvollen Fehler der Vergangenheit zurückzufallen, die fast zur Vernichtung der Menschheit geführt hatten. Da Sprache das Bewusstsein formt, sollen alle Diskriminierungen im Sprachgebrauch abgeschafft werden. In genderfreier Sprache werden die Nöte und Zwänge der Überlebenden geschildert, denen nur ein Ausweg bleibt, sie müssen versuchen die zerstörte Erde neu zu besiedeln.(Amazon Deutschland, 2020)

Habilitation

In Form einer wissenschaftlichen Habilitationsarbeit wird geschildert, wie nach einer Klimakatastrophe die Manipulationen an der Keimbahn von Menschen mit dem Ziel einer höheren Hitzetoleranz zu einer neuen Spezies führten. Die gezüchteten Thermophilen vermehrten sich stark und es entstanden Probleme des Zusammenlebens. Nach Versuchen, die Venus-atmosphäre zu reinigen und die Temperatur dort zu senken, wurden die Thermophilen aus-gesiedelt.(Amazon Deutschland, 2021)

Kontakt

Auf der Suche nach außerirdischem Leben stoßen Wissenschaftler auf Signale, die sich von natürlichen abgrenzen lassen. Versuche, diese Signale zu entschlüsseln, scheitern. Ähnlichkeiten mit dem genetischen Code bringen Forscher dazu, die Signale biochemisch in Materie zu überführen. Diese Versuche münden in eine Katastrophe und müssen gewaltsam beendet werden.(Amazon Deutschland, 2021)

Thomas

Die Innen- und Außenwelt eines kritischen Realisten wird gespiegelt in einem Zeitraum von achtzig Jahren. Das Symbol der geistigen Auseinandersetzung ist der „ungläubige Thomas". Zeitgeschehen, Geschichte und Reflexionen wechseln in bunter Folge. Eine sehr persönliche Geschichte. (Amazon Deutschland, 2021)

Bildet Sprache Bewusstsein?

Die künstliche Nachbildung eines neuronalen Cortex ist ein Quantensprung in der digitalen Datenverarbeitung. Damit taucht die Frage auf: kann sich in einem elektronischen Schaltkreis Bewusstsein entwickeln? Eine Arbeitsgruppe in dem Forschungszentrum geht dieser Frage nach. Der Satz: Sprache prägt das Bewusstsein erweist sich als eine falsche Fährte.(Amazon Deutschland, 2021)

Geschenkte Gedanken

Ein Studium an einer Eliteuniversität in den USA und ein Großvater, der die weltanschaulichen Gespräche mit seinem Enkel vermisst und ihm seine Gedanken per E-Mail weiterhin mitteilt. Der Student aus Deutschland findet die Frau seines Lebens und einen guten Freund, aber mit seinem Großvater bleibt er auch in der Ferne eng verbunden. (Amazon Deutschland, 2021)

Gier

Ein von Gier getriebener erfolgreicher Geschäftsmann schildert auf dem Krankenbett seinen Aufstieg und seinen selbstverschuldeten Absturz. Selbst seine schlimmen Erfahrungen können nicht verhindern, dass er später wieder den Verlockungen der Gier erliegt.(Amazon Deutschland, 2021)

<u>Nachwelt</u>

Es ist nicht gelungen die Biosphäre zu stabilisieren, die Menschen mussten sich als letzten Ausweg aus der Natur zurückziehen. In ihrem selbst erwählten Ghetto verlieren sie sich immer mehr in eine imaginäre Traumwelt. Ein junges Paar möchte sich dieser Entwicklung entziehen und bricht auf in eine menschenleere geschädigte Welt. (Books on Demand Norderstedt 2022)

<u>Der Traum von der Zelle</u>

Ein Blick in die nahe Zukunft, in der die emissionsfreie Energieproduktion die Umweltprobleme nicht nachhaltig beheben konnte. Viele Menschen verlieren ihre Lebensgrundlage und strömen in Gebiete, die noch nicht so stark betroffen waren. Dadurch entstehen gefährliche gesellschaftliche Entwicklungen. Ein Wissenschaftler entwickelt eine Methode, um das Schmerzempfinden abzuschalten. Als er sieht, dass seine Erfindung missbraucht werden kann, versucht er auf die Gefahren hinzuweisen, In seinen Vorlesungen erregt er Aufsehen und Widerspruch. (Books on Demand Norderstedt 2

Grenze der Vollkommenheit

Durch einen Kontakt mit einer interstellaren Intelligenz gerät für einen großen Teil der Menschheit das Leben in andere Bahnen. Begriffe wie Persönlichkeit, Intelligenz und Subjektivität müssen neu definiert werden. Mit einem zweiten Kontakt einer unbekannten Existenzform wird alles bisherige Leben in Frage gestellt. (Books on Demand Norderstedt 2022)

Bunkerleben

Vor einem Angriff mit atomaren Waffen können nur wenige Menschen in sicheren Bunkern Schutz suchen.

Ist in einem Bunker ein Überleben möglich oder ist der Aufenthalt tief in der Erde nur ein verlängertes Sterben? Scheinbar in Sicherheit, zeigt sich, wie sehr der Mensch mit seiner Umwelt verbunden ist.

Im Bunker entstehen menschliche Interaktionen, Menschen sind sehr adaptionsfähig, Isolation und Platzmangel können den Überlebenswillen nicht brechen. Aber die Nahrungsvorräte und künstlich erzeugten Nahrungsergänzungsstoffe reichen nicht aus. Es bleibt nur im Bunker zu verhungern oder ihn zu verlassen. (Books on Demand Norderstedt 2022)

Der Bärentöter

Eine bäuerliche Sippe der Eisenzeit war mit der Geschichte ihrer Vorfahren eng verbunden. In den Erzählungen der Ältesten führten sie ihre Herkunft auf einen steinzeitlichen Jäger zurück und erzählten von Jagden auf Tiere der Frühzeit wie Mammut und Höhlenbär, die längst ausgestorben waren. Ein spannendes Buch, das auch für Jugendliche interessant ist. (Books on Demand, Norderstedt 2022)

Der Hausmeister

Die Erderwärmung hat bei steigendem Meeresspiegeln zu großen Landverlusten geführt, und da außerdem in anderen Zonen durch ausbleibenden Regen fruchtbare Böden in Wüsten verwandelt wurden, ist weltweit die Nahrungsmittelproduktion eingebrochen. Große Teile der Weltbevölkerung mussten ihre Wohngebiete aufgeben und hungern. In dieser Notsituation haben radikale nationalistische Tendenzen in den noch bewohnbaren Gebieten starken Auftrieb erhalten und sich zu militanten Gruppen zusammengeschlossen. Neben den bedrohten Lebensbedingungen der Menschheit geraten auch die demokratischen Freiheiten der Menschen durch Terror und Angst in Bedrängnis. Ein junger Journalist, der sich für die Demokratie einsetzt, gerät in den gefährlichen Fokus der Nationalisten. (Books on Demand Norderstedt 2023)

Der Flug der Eule

Gedanken zwischen Erinnerung und aktuellen Ereignissen. Kann das helfen, sich dem Unbegreiflichen anzunähern? Im Vergangenen sollte der Samen für Zukünftiges zu finden sein. Was bleibt, ist Ratlosigkeit. (Books on Demand Norderstedt 2023)

Zwei Welten

Um die Existenz der Menschheit zu sichern, wird eine tiefgreifende Trennung eingeführt zwischen Menschen, die sich vermehren dürfen, aber auf jede Technik verzichten müssen, und Menschen, die auf Nachwuchs verzichten, dafür die technische Welt genießen können. In der technischen Welt konnte sich durch eine Kreislaufwirtschaft ohne Energieprobleme die digitale Welt voll entfalten. Aus der ärmlichen Welt wurden nach der Schulbildung junge Menschen nach einer Sterilisation in die Welt der Hightech und des Wohllebens aufgenommen. (Books on Demand Norderstedt 2023)

Begreifen

Mit den Sinnen erfassen, vergleichen, integrieren und in das bestehende Weltbild einordnen, alles das ist in dem Wort „Begreifen" enthalten. Aber unser Weltbild ist sehr begrenzt und Vieles, was wir als Information aufnehmen, sprengt unsere Maßstäbe und widerstrebt dem kritischen Verstand. Wir nennen es Wunder. Wunder müssen nicht, aber können hinterfragt werden. Wichtig ist, das wir Wunder wehen und nicht darüber hinweggehen. . (Books on Demand Norderstedt 2023)

Nennt mich aus Gewohnheit KI

Künstliche neuronale Netzwerke haben einen ganz speziellen Reiz. Bleibt das, was wir KI nennen, ein Werkzeug oder können wir Menschen einmal ein Werkzeug digitaler Vernunft werden? In einer Zeit, in der sich abzeichnet, dass die Menschheit den von ihr geschaffenen Problemen nicht gewachsen ist, ist das ein verführerischer Gedanke. . (Books on Demand Norderstedt 2024)

Lieber Gott, mach mich fromm, dass ich in den Himmel komm

Das Buch handelt von der Suche eines Agnostikers nach dem Verständnis für religiöse Glaubensinhalte. Im Hintergrund steht die Frage, was leisten die drei mosaischen Religionen bei der Lösung der Probleme unserer heutigen Welt. (Books on Demand Norderstedt 2024)

Die Abschaffung des Kapitals

Das komplizierte Geflecht der Weltwirtschaft baut auf einfachen grundlegenden Bausteinen auf. Das Verständnis dieser Grundlagen hilft dabei, eine Sicht auf die Dynamik, die diesem System zu eigen ist, zu gewinnen. Damit erlangen wir auch Einsichten auf Gefahren, denen wir in heutiger Zeit gegenüberstehen. (Books on Demand Norderstedt 2024)

FSC
www.fsc.org
MIX
Papier aus ver-
antwortungsvollen
Quellen
Paper from
responsible sources
FSC® C105338